2-17.

Dirección editorial: Isabel Carril
Coordinación editorial: Begoña Lozano
Texto: Antonio Machado
Diseño: Gerardo Domínguez
Edición: Bárbara Fernández
Preimpresión: Equipo Bruño

ISBN: 978-84-696-0461-8
Depósito legal: M-8576-2016

Printed in Spain

www.brunolibros.es

ANTONIO MACHADO

ERA UN NIÑO QUE SOÑABA

Ilustración: Rosa M. Curto

Bruño

Era un niño que soñaba
un caballo de cartón.

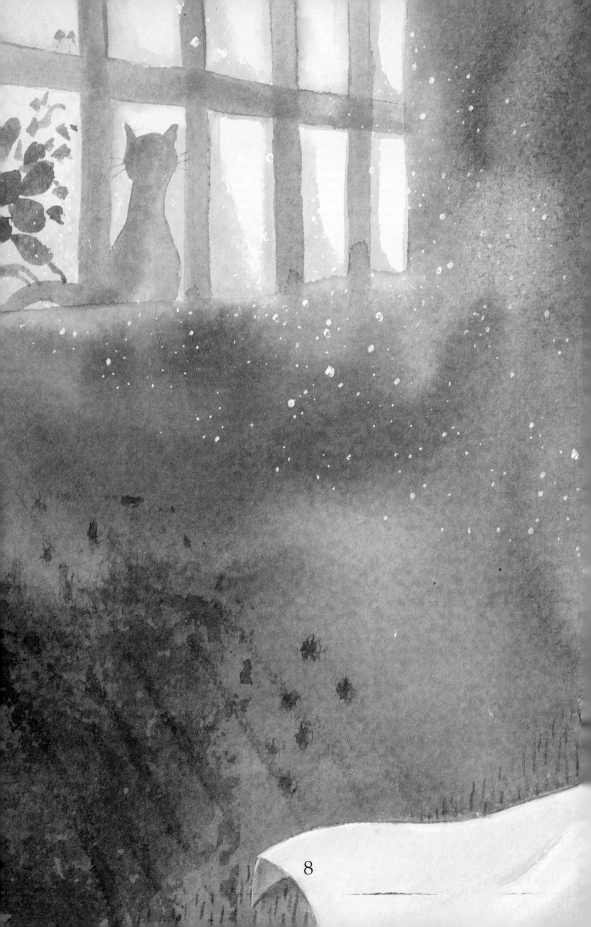

Abrió los ojos el niño
y el caballito no vio.

Con un caballito blanco
el niño volvió a soñar;

y por la crin lo cogía...
¡Ahora no te escaparás!

Apenas lo hubo cogido,
el niño se despertó.
Tenía el puño cerrado.

¡El caballito voló!

Quedose el niño muy serio
pensando que no es verdad
un caballito soñado.
Y ya no volvió a soñar.

18

Pero el niño se hizo mozo
y el mozo tuvo un amor,

y a su amada le decía:
¿Tú eres de verdad o no?

Cuando el mozo se hizo viejo
pensaba: todo es soñar,
el caballito soñado
y el caballo de verdad.

Y cuando vino la muerte,
el viejo a su corazón
preguntaba: ¿Tú eres sueño?

¡Quién sabe si despertó!